Le Trésor sans fond

Traduit de l'arabe par le
Dr J.-C. Mardrus

Avec une postface de
Chochana Boukhobza

ÉDITIONS MILLE ET UNE NUITS

n° 100

Texte intégral.

Extrait des contes des *Mille et une nuits* © Éditions Fasquelle, 1899 à 1904.
© Éditions Mille et une nuits, mars 1996
pour la postface et les illustrations.
ISBN : 2-84205-043-6

Sommaire

Le Trésor sans fond
page 5

Chochana Boukhobza
De nuit en nuit
page 47

Repères bibliographiques
page 53

Reproduction de la première page de l'édition du *Livre des Mille et une Nuits* traduit par J. C. Mardrus, Éditions Eugène Fasquelle, 1911-1908.

CE QUE VEUT ALLAH!

AU NOM D'ALLAH
LE CLÉMENT-SANS-BORNES,
LE CLÉMENT

LA LOUANGE A ALLAH, MAITRE DE L'UNIVERS! ET LA PRIÈRE ET LA PAIX SUR LE PRINCE DES ENVOYÉS, NOTRE SEIGNEUR ET SUZERAIN MOHAMMAD! ET, SUR TOUS LES SIENS, PRIÈRE ET PAIX A JAMAIS ESSENTIELLEMENT UNIES JUSQU'AU JOUR DE LA RÉTRIBUTION.

ET ENSUITE! QUE LES LÉGENDES DES ANCIENS SOIENT UNE LEÇON POUR LES MODERNES, AFIN QUE L'HOMME VOIE LES ÉVÉNEMENTS QUI ARRIVÈRENT A D'AUTRES QU'A LUI : ALORS IL RESPECTERA ET CONSIDÉRERA ATTENTIVEMENT LES PAROLES DES PEUPLES PASSÉS ET CE QUI LEUR ADVINT, ET IL SE RÉPRIMANDERA.

AUSSI GLOIRE A QUI RÉSERVA LES RÉCITS DES PREMIERS COMME LEÇON A L'INTENTION DES DERNIERS!

OR, C'EST D'ENTRE CES LEÇONS-LA QUE SONT TIRÉS LES CONTES NOMMÉS MILLE NUITS ET UNE NUIT, ET TOUT CE QU'IL Y A EN EUX DE CHOSES EXTRAORDINAIRES ET DE MAXIMES.

Avertissement de l'éditeur

À l'occasion de la parution du numéro 100 de notre collection, nous avons choisi de publier un conte des *Mille et une Nuits*, œuvre de littérature totale, ode au récit sans fin.

Nous avons conservé dans cette édition les passages indiquant à quels moments Schahrazade, le jour venu, interrompt son récit avant de le reprendre la nuit suivante, afin de respecter l'intégrité du texte dont est extrait *Le Trésor sans fond*.

Le Trésor sans fond

Et Schahrazade dit :

Il m'est revenu, ô Roi fortuné, ô doué de bonnes manières, que le khalifat Haroun Al-Rachid, qui était le prince le plus généreux de son époque et le plus magnifique, avait quelquefois la faiblesse – Allah seul est sans faiblesse ! – de laisser entendre, en parlant, que nul homme parmi les vivants ne l'égalait en générosité et en largesse de paume.

Or un jour, comme il s'était laissé aller à se louer ainsi des dons que ne lui avait, en somme, octroyés le Rétributeur que pour qu'il en usât précisément avec générosité, le grand vizir Giafar ne voulut point, en son âme délicate, que son maître continuât plus longtemps à manquer au devoir de l'humilité envers Allah. Et il résolut de prendre la liberté de lui ouvrir les yeux. Il se prosterna donc entre ses mains et, après avoir embrassé par trois fois la terre, il lui dit : « Ô émir des Croyants, ô couronne sur nos têtes, pardonne à ton esclave s'il ose élever la voix en ta présence pour te représenter que la principale vertu du Croyant est l'humilité devant Allah et qu'elle est la seule chose dont puisse être fière la créature. Car tous les biens de la terre et tous les dons de l'esprit et toutes les qualités de l'âme ne sont pour l'homme qu'un simple prêt du Très-Haut – qu'Il soit exalté ! Et l'homme ne doit pas plus s'enorgueillir de ce prêt que l'arbre d'être chargé de fruits ou la mer de recevoir les eaux du ciel. Quant aux louanges que te mérite ta munificence, laisse-les plutôt faire à tes sujets qui remercient sans cesse le ciel de les avoir fait naître dans ton empire, et qui n'ont d'autre plaisir que de prononcer ton nom avec gratitude ! » Puis il ajouta : « D'ailleurs, ô mon seigneur, ne crois point que tu sois le seul qu'Allah ait couvert de ses inestimables dons ! Sache, en effet, qu'il y a dans la ville de Bassra un jeune homme qui, bien que simple particulier, vit avec plus de faste et de magnificence que les plus puissants rois. Il s'appelle Aboulcassem, et nul prince au monde, y compris l'émir des Croyants lui-même, ne l'égale en largesse de paume et en générosité… »

À ce moment de sa narration, Schahrazade vit apparaître le matin et, discrète, se tut.

Mais lorsque fut la huit cent vingt-deuxième nuit. Elle dit :

… Il s'appelle Aboulcassem, et nul prince au monde, y compris l'émir des Croyants lui-même, ne l'égale en largesse de paume et en générosité ! » Lorsque le khalifat eut entendu ces dernières paroles de son vizir, il se sentit extrêmement dépité ; et il devint bien rouge de teint, avec des yeux enflammés ; et regardant Giafar avec hauteur, il lui dit : « Malheur à toi, ô chien d'entre les vizirs ! comment oses-tu mentir devant ton maître, en oubliant qu'une telle conduite entraîne ta mort sans recours ? » Et Giafar répondit : « Par la vie de ta tête ! ô émir des Croyants, les paroles que j'ai osé prononcer en ta présence sont des paroles de vérité. Et si j'ai perdu tout crédit en ton esprit, tu pourras les faire contrôler, et me punir ensuite si tu trouves qu'elles sont mensongères. Quant à moi, ô mon maître, je ne crains pas de t'affirmer que j'ai été, lors de mon dernier voyage à Bassra, l'hôte ébloui du jeune Aboulcassem. Et mes yeux n'ont pas encore oublié ce qu'ils ont vu, mes oreilles ce qu'elles ont entendu, et mon esprit ce qui l'a charmé. C'est pourquoi, même au risque de m'attirer la disgrâce de mon maître, je ne puis m'empêcher de proclamer qu'Aboulcassem est l'homme le plus magnifique de son temps ! »

Et Giafar, ayant ainsi parlé, se tut. Et le khalifat, à la limite de l'indignation, fit signe au chef des gardes d'arrêter Giafar. Et l'ordre fut exécuté sur-le-champ. Et cela fait, Al-Rachid sortit de la salle et, ne sachant comment exhaler sa colère, alla dans l'appartement de Sett Zobéida, son épouse, qui pâlit d'effroi en lui voyant le visage des jours noirs.

Et Al-Rachid, les sourcils contractés et les yeux dilatés, alla s'étendre, sans prononcer une parole, sur le divan. Et Sett Zobéida, qui savait comment l'aborder dans ses moments d'humeur, se garda bien de l'importuner de questions oiseuses ; mais prenant un air d'extrême inquiétude, elle lui apporta une coupe remplie d'eau parfumée à la rose et, la lui offrant, lui dit : « Le nom d'Allah sur toi, ô fils de l'oncle ! Que cette boisson te rafraîchisse et te calme ! La vie est formée de deux couleurs, blanche et noire. Puisse la blanche marquer seule tes longs jours ! » Et Al-Rachid dit : « Par le mérite de nos ancêtres, les glorieux ! c'est la noire qui marquera ma vie, ô fille de l'oncle, tant que je verrai devant mes yeux le fils du Barmécide, ce Giafar de malédiction, qui se plaît à critiquer mes paroles, à commenter mes actions et à donner la préférence sur moi à d'obscurs particuliers d'entre mes sujets ! » Et il apprit à son épouse ce qui venait de se passer, et se plaignit à elle de son vizir, dans des termes qui lui firent comprendre que la tête de Giafar courait cette fois le plus grand danger. Aussi elle ne manqua pas d'abonder d'abord dans son sens, en exprimant son indignation de voir que le vizir se permettait de telles libertés à l'égard de son souverain. Puis, très habilement, elle lui représenta qu'il était préférable de différer la punition le temps seulement d'envoyer quelqu'un à Bassra pour vérifier la chose.

Et elle ajouta : « Et c'est alors que tu pourras t'assurer de la vérité ou de la fausseté de ce que t'a raconté Giafar, et le traiter en conséquence. » Et Haroun, que le langage plein de sagesse de son épouse avait déjà à moitié calmé, répondit : « Tu dis vrai, ô Zobéida. Certes ! je dois cette justice à un homme tel que le fils de mon serviteur Yahia. Et même, comme je ne puis avoir pleine confiance dans le rapport que me ferait celui que j'enverrais à Bassra, je veux aller moi-même dans cette ville, contrôler la chose. Et je ferai connaissance avec cet Aboulcassem-là. Et je jure qu'il en coûtera la tête de Giafar s'il m'a exagéré la générosité de ce jeune homme, ou s'il m'a fait un mensonge. »

Et sans tarder davantage à exécuter son projet, Haroun se leva à l'heure et à l'instant, et, sans vouloir écouter ce que lui disait Sett Zobéida pour l'engager à ne point faire tout seul ce voyage, il se déguisa en marchand de l'Irak, recommanda à son épouse de veiller pendant son absence aux affaires du royaume et, sortant du palais par une porte secrète, il quitta Bagdad. Et Allah lui écrivit la sécurité ; et il arriva à Bassra sans encombre, et descendit dans le grand khân des marchands. Et là, avant même de prendre le temps de se reposer et de manger un morceau, il se hâta d'interroger le portier du khân sur ce qui l'intéressait, en lui demandant, après les formules du salam : « Est-il vrai, ô cheikh, qu'il y a dans cette ville un jeune homme appelé Aboulcassem, qui surpasse les rois en générosité, en largesse de paume et en magnificence ? » Et le vieux portier, hochant la tête d'un air pénétré, répondit : « Allah fasse descendre sur lui Ses bénédictions ! Quel est l'homme qui n'a pas ressenti les effets de sa générosité ? Pour ma part, ya sidi, quand j'aurais dans ma figure cent bouches et dans chacune cent langues, et sur chaque langue un trésor d'éloquence, je ne pourrais te conter comme il sied l'admirable générosité du seigneur Aboulcassem ! » Puis, comme d'autres marchands voyageurs arrivaient avec leurs ballots, le portier du khân n'eut pas le loisir d'en dire plus long. Et Haroun fut bien obligé de s'éloigner, et monta se restaurer et prendre quelque repos, cette nuit-là.

Mais le lendemain, de grand matin, il sortit du khân et alla se promener dans les souks. Et lorsque les marchands eurent ouvert leurs boutiques, il s'approcha de l'un d'eux, celui qui lui paraissait le plus important, et le pria de lui indiquer le chemin qui conduisait à la demeure d'Aboulcassem. Et le marchand, bien étonné, lui dit : « De quel pays lointain peux-tu bien arriver, pour ignorer la demeure du seigneur Aboulcassem. Il est plus connu ici que jamais roi ne l'a été au milieu de son propre empire ! » Et Haroun convint qu'il arrivait en effet de fort loin, mais que le but de son voyage était précisément de faire la connaissance du seigneur Aboulcassem. Alors le marchand ordonna à un de ses garçons de lui servir de guide, en lui disant : « Conduis cet honorable étranger au palais de notre magnifique seigneur ! »

Or ce palais était un admirable palais. Et il était entièrement bâti de pierres de taille en marbre jaspé, avec des portes de jade vert. Et Haroun fut émerveillé de l'harmonie de sa construction ; et il vit, en entrant dans la cour, une foule de jeune esclaves, blancs et noirs, élégamment habillés, qui s'amusaient à jouer en attendant les ordres de leur maître. Et il aborda l'un d'entre eux et lui dit : « Ô jeune homme, je te prie d'aller dire au seigneur Aboulcassem : "Ô mon maître, il y a dans la cour un étranger qui a fait le voyage de Bagdad à Bassra, dans le seul but de se réjouir les yeux de ton visage béni !" » Et le jeune esclave jugea aussitôt au langage et à l'air de celui qui s'adressait à lui que ce n'était pas un homme du commun. Et il courut en avertir son maître, qui vint jusque dans la cour recevoir l'hôte étranger. Et, après les salams et les souhaits de bienvenue, il le prit par la main et le conduisit dans une salle qui était belle de sa propre beauté et de sa parfaite architecture.

Et, dès qu'ils furent assis sur le large divan en soie brodée d'or qui faisait tout le tour de la salle, l'on vit entrer douze jeunes esclaves blancs fort beaux chargés de vases d'agate et de cristal de roche. Et les vases étaient enrichis de gemmes et de rubis et pleins de liqueurs exquises. Puis entrèrent douze jeunes filles belles comme des lunes, qui portaient les unes des bassins de porcelaine remplis de fruits et de fleurs, et les autres de grandes coupes d'or remplies de sorbets à la neige hachée, d'un goût excellent. Et ces jeunes esclaves et ces jeunes filles firent d'abord l'essai des liqueurs, des sorbets et des autres rafraîchissements avant de les présenter à l'hôte de leur maître. Et Haroun goûta à ces diverses boissons, et, quoique accoutumé aux plus délicieuses choses de tout l'Orient, il s'avoua qu'il n'avait jamais rien bu de comparable. Après quoi, Aboulcassem fit passer son convive dans une seconde salle, où était servie une table couverte des mets les plus délicats dans des plats d'or massif. Et il lui offrit de ses propres mains les morceaux de choix. Et Haroun trouva que l'accommodement de ces mets était extraordinaire.

Puis, le repas fini, le jeune homme prit Haroun par la main et le mena dans une troisième salle plus richement meublée que les deux autres. Et des esclaves plus beaux que les précédents, apportèrent une prodigieuse quantité de vases d'or incrustés de pierreries et pleins de toutes sortes de vins, ainsi que de larges tasses de porcelaine remplies de confitures sèches, et des plateaux couverts de pâtisseries délicates. Et, pendant qu'Aboulcassem servait son convive, il entra des chanteuses et des joueuses d'instruments, qui commencèrent un concert qui eût sensibilisé le granit. Et Haroun, à la limite du ravissement, se disait : « Certes ! dans mes palais j'ai des chanteuses aux voix admirables, et même des chanteurs comme Ishak qui n'ignorent rien des ressources de l'art, mais personne ne saurait prétendre entrer en comparaison avec celles-ci ! Par Allah ! comment un simple particulier, un habitant de Bassra, a-t-il pu faire pour réunir un tel choix de choses parfaites ? »

Et tandis que Haroun était particulièrement attentif à la voix d'une almée dont la douceur l'enchantait, Aboulcassem sortit de la salle et revint un moment après, tenant d'une main une baguette d'ambre et de l'autre un petit arbre dont la tige était d'argent, les branches et les feuilles d'émeraudes et les fruits de rubis. Et sur le sommet de cet arbre était perché un paon d'or d'une beauté qui glorifiait celui qui l'avait façonné. Et Aboulcassem, ayant posé cet arbre aux pieds du khalifat, frappa de sa baguette la tête du paon. Et aussitôt le bel oiseau étendit ses ailes et déploya la splendeur de sa queue, et se mit à tourner avec vitesse sur lui-même. Et à mesure qu'il tournait, des parfums d'ambre, de nadd, d'esprit d'aloès et d'autres senteurs dont il était rempli sortaient de tous côtés en jets ténus et embaumaient toute la salle.

Mais brusquement, pendant que Haroun était occupé à considérer l'arbre et le paon et à s'en émerveiller, Aboulcassem les prit l'un et l'autre et les emporta. Et Haroun se sentit fort piqué de cette action inattendue, et dit en lui-même : « Par Allah ! quelle chose étrange ! Et que signifie tout cela ? Est-ce ainsi que se comportent les hôtes à l'égard de leurs invités ? Ce jeune homme, ce me semble, ne sait pas si bien faire les choses que Giafar me le donnait à penser. Il m'enlève cet arbre et ce paon quand il me voit précisé- ment occupé à les regarder. Il doit, sans aucun doute, avoir peur que je le prie de m'en faire présent. Ah ! je ne suis pas fâché de contrôler par moi-même cette fameuse générosité qui, d'après mon vizir, n'a pas sa pareille dans le monde ! » Pendant que ces pensées se présentaient à son esprit, le jeune Aboulcassem rentra dans la salle. Et il était accompagné d'un petit esclave aussi beau que le soleil. Et cet aimable enfant avait une robe de brocart d'or relevé de perles et de diamants. Et il tenait dans sa main une coupe faite d'un seul rubis et remplie d'un vin couleur de pourpre. Et il s'approcha de Haroun, et, après avoir embrassé la terre entre ses mains, il lui présenta la coupe. Et Haroun la prit et la porta à ses lèvres. Mais quel ne fut point son étonnement lorsque, après en avoir bu le contenu, il s'aperçut, en la rendant au bel esclave, qu'elle était encore pleine jusqu'au bord ! Aussi la reprit-il des mains de l'enfant et, l'ayant portée à sa bouche, il la vida jusqu'à la dernière goutte. Puis il la remit au petit

esclave, tout en constatant qu'elle se remplissait à nou-
veau sans que personne versât rien dedans. À cette vue,
Haroun fut à la limite de la surprise…

À ce moment de sa narration, Schahrazade vit
apparaître le matin et, discrète, se tut.
Mais lorsque fut la huit cent vingt-troisième nuit.
Elle dit :
…À cette vue, Haroun fut à la limite de la surprise,
et ne put s'empêcher de demander comment cela pouvait se faire. Et Aboulcassem répondit : « Seigneur, il
n'y a rien d'étonnant en cela. Cette coupe est l'ouvrage
d'un ancien savant qui possédait tous les secrets de la
terre ! » Et, ayant prononcé ces paroles, il prit l'enfant
par la main et sortit de la salle avec précipitation. Et
l'impétueux Haroun en fut cette fois indigné. Et il
pensa : « Par la vie de ma tête ! ce jeune homme a
perdu la raison, ou, ce qui est encore pis, il n'a jamais
dû connaître les égards que l'on doit à l'hôte et les
bonnes manières. Il m'apporte toutes ces curiosités
sans que je l'en prie, il les offre à mes yeux, et quand il
s'aperçoit que je prends le plus de plaisir à les voir, il
me les enlève. Par Allah ! je n'ai jamais rien vu de si
malhonnête et de si grossier. Maudit Giafar ! je
t'apprendrai bientôt, si Allah veut, à mieux juger les
hommes et à tourner ta langue dans ta bouche avant
de parler ! »

Pendant que Al-Rachid se faisait ces réflexions sur le caractère de son hôte, il le vit rentrer dans la salle pour la troisième fois. Et il était suivi à quelques pas d'une adolescente comme on n'en trouve que dans les jardins d'Éden. Elle était toute couverte de perles et de pierreries, et plus parée encore de sa beauté que de ses atours. Et Haroun, à sa vue, oublia l'arbre, le paon et la coupe inépuisable, et se sentit l'âme pénétrée d'enchantement. Et la jeune fille, après lui avoir fait une profonde révérence, vint s'asseoir entre ses mains, et, sur un luth composé de bois d'aloès, d'ivoire, de santal et d'ébène, se mit à jouer de vingt-quatre manières différentes, avec un art si parfait qu'Al-Rachid ne put retenir son admiration, et s'écria : « Ô jeune homme que ton sort est digne d'envie ! » Mais dès qu'Aboulcassem eut remarqué que son convive était enchanté de l'adolescente, il la prit aussitôt par la main et la mena hors de la salle, avec promptitude.

Lorsque le khalifat vit cette conduite de son hôte, il fut extrêmement mortifié, et ne voulut pas, de peur de laisser éclater son ressentiment, rester plus long-temps dans une demeure où on le recevait d'une si étrange manière. Aussi dès que le jeune homme fut revenu dans la salle, il lui dit, en se levant : « Ô géné-reux Aboulcassem, je suis, en vérité, bien confus de la façon dont tu m'as traité, sans connaître mon rang et ma condition. Permets-moi donc de me retirer et de te laisser en repos, sans abuser plus longtemps de ta munificence. » Et le jeune homme ne voulut point, par crainte de le gêner, s'opposer à son dessein, et, lui ayant fait une révérence d'un air gracieux, le conduisit jusqu'à la porte de son palais en lui demandant pardon de ne l'avoir pas reçu aussi magnifiquement qu'il le méritait.

Et Haroun reprit le chemin de son khân, en pensant avec amertume : « Quel homme plein d'ostentation que cet Aboulcassem ! Il se fait un plaisir d'étaler ses richesses aux yeux des étrangers, pour satisfaire son orgueil et sa vanité. Si c'est là de la largesse de paume, je ne suis plus qu'un insensé et un aveugle. Mais non ! Dans le fond, cet homme n'est qu'un avare, et un avare de la plus détestable espèce. Et Giafar saura bientôt ce qu'il en coûte de tromper son souverain par le plus vulgaire mensonge ! » Et, tout en réfléchissant de la sorte, Al-Rachid arriva à la porte du khân. Et il aperçut dans la cour d'entrée un grand cortège en forme de croissant, composé d'un nombre considérable de jeunes esclaves blancs et noirs, les Blancs d'un côté et les Noirs de l'autre. Et au centre du croissant se tenait la belle adolescente au luth, qui l'avait enchanté au palais d'Aboulcassem, avec, à sa droite, l'aimable enfant chargé de la coupe de rubis, et, à sa gauche, un autre garçon, non moins aimable et beau, chargé de l'arbre d'émeraude et du paon.

Or dès qu'il eut franchi la porte du khân, tous les esclaves se prosternèrent sur le sol, et l'exquise jeune fille s'avança entre ses mains et lui présenta, sur un coussin de brocart, un rouleau de papier de soie. Et Al-Rachid, bien que fort surpris de tout cela, prit la feuille, la déroula, et vit qu'elle contenait ces lignes :

« La paix et la bénédiction sur l'hôte charmant dont la venue honora notre demeure et la parfuma. Et ensuite ! Puisses-tu, ô père des convives gracieux, abaisser ta vue vers les quelques objets sans valeur qu'envoie vers ta seigneurie notre main de peu de portée, et les agréer de notre part comme le faible hommage de notre féalité à l'égard de celui qui a illuminé notre toit. Nous avons en effet remarqué que les divers esclaves qui forment le cortège, les deux jeunes garçons et la jeune fille, ainsi que l'arbre, la coupe et le paon n'ont pas déplu d'une façon particulière à notre convive ; et c'est pourquoi nous le supplions de les considérer comme lui ayant toujours appartenu. D'ailleurs tout vient d'Allah et vers Lui tout retourne. Ouassalam ! »

Lorsqu'Al-Rachid eut achevé de lire cette lettre, et qu'il en eut compris tout le sens et toute la portée, il fut extrêmement émerveillé d'une telle largesse de paume, et s'écria : « Par les mérites de mes ancêtres – qu'Allah honore leurs visages ! – je conviens que j'ai bien mal jugé du jeune Aboulcassem ! Qu'es-tu, libéralité d'Al-Rachid, à côté d'une telle libéralité ? Que les bénédictions du Très-Haut soient sur ta tête, ô mon vizir Giafar, toi qui es cause que je sois revenu de mon faux orgueil et de ma suffisance ! Voici qu'en effet un simple particulier, sans se donner la moindre peine et sans que cela ait l'air de le gêner en quelque chose, vient de l'emporter en générosité et en munificence sur le plus riche monarque de la terre ! » Il dit. Puis, soudain se reprenant, il pensa : « Oui, par Allah ! mais comment se fait-il qu'un simple particulier puisse faire de pareils présents, et où a-t-il pu se procurer ou trouver tant de richesses ? Et comment est-il possible que dans mes états, un homme mène une vie plus fastueuse que celle des rois sans que je sache par quel moyen il est arrivé à un tel degré de richesse ? Certes ! il faut que, sans tarder, même au risque de paraître importun, j'aille l'engager à me découvrir comment il a pu faire une fortune si prodigieuse ! »

Et aussitôt Al-Rachid, dans son impatience de satisfaire sa curiosité, laissant dans le khân ses nouveaux esclaves et ce qu'ils lui apportaient, retourna au palais d'Aboulcassem. Et lorsqu'il fut en présence du jeune homme, il lui dit après les salams : « Ô mon généreux maître, qu'Allah augmente sur toi Ses bienfaits et fasse durer les faveurs dont tu es comblé ! Mais les présents que m'a faits ta paume bénie sont si considérables, que je crains, en les acceptant, d'abuser de ma qualité de convive et de ta générosité sans égale. Permets donc que, sans crainte de t'offenser, il me soit loisible de te les renvoyer et que, charmé de ton hospitalité, j'aille publier à Bagdad, ma ville, ta magnificence ! » Mais Aboulcassem, d'un air fort affligé, répondit : « Seigneur, tu as sans doute, pour parler de la sorte, sujet de te plaindre de ma réception, ou peut-être que mes présents t'ont déplu par leur peu d'importance ? Sans quoi, tu ne serais pas revenu de ton khân pour me faire subir cet affront. » Et Haroun, toujours déguisé en marchand, répondit : « Allah me garde de répondre à ton hospitalité par un tel procédé, ô trop généreux Aboulcassem ! La cause de ma venue tient uniquement au scrupule où je suis de te voir prodiguer ainsi à des étrangers que tu as vus pour la première fois des objets si rares, et à ma crainte de voir s'épuiser, sans que tu en recueilles la satisfaction que tu mérites, un trésor qui, quelque inépuisable qu'il puisse être, doit avoir un fond ! »

À ces paroles d'Al-Rachid, Aboulcassem ne put s'empêcher de sourire, et répondit : « Calme tes scrupules, ô mon maître, si vraiment un tel motif m'a procuré le plaisir de ta venue. Sache, en effet, que tous les jours d'Allah, je me libère de mes dettes à l'égard du Créateur – qu'Il soit glorifié et exalté ! – en faisant à ceux qui frappent à ma porte un ou deux ou trois cadeaux équivalents à ceux qui sont entre tes mains. Car le trésor que m'octroya le Distributeur des

richesses est un trésor sans fond. » Et, comme il voyait
un grand étonnement marquer les traits de son hôte, il
ajouta : « Je vois, ô mon maître, qu'il faut que.je te
fasse la confidence de certaines des aventures de ma
vie, et que je te raconte l'histoire de ce trésor sans fond,
qui est une histoire si étonnante et si prodigieuse que si
elle était écrite avec les aiguilles sur le coin intérieur de
l'œil, elle servirait d'enseignement à qui la lirait avec
attention ! » Et, ayant ainsi parlé, le jeune Aboulcassem prit son hôte par la main, et le conduisit dans une
salle pleine de fraîcheur, où plusieurs cassolettes très
douces parfumaient l'air et où se voyait un large trône
d'or avec de riches tapis de pied. Et le jeune homme
fit monter Haroun sur le trône, s'assit à ses côtés et
commença de la manière suivante son histoire :

« Sache, ô mon maître – Allah est notre maître à
tous ! – que je suis fils d'un grand joaillier, originaire
du Caire, qui s'appelait Abdelaziz. Mais mon père,
bien que né au Caire comme son père et son grand-
père, n'a point vécu toute sa vie dans sa ville natale.
Car il possédait tant de richesses que, craignant d'attirer sur lui l'envie et la cupidité du sultan d'Égypte
qui, en ce temps-là, était un tyran sans remède, il se
vit obligé de quitter son pays et de venir s'établir dans
cette ville de Bassra, à l'ombre tutélaire des Bani-
Abbas – qu'Allah répande sur eux Ses bénédictions !
Et mon père ne tarda pas à épouser la fille unique du

plus riche marchand de la ville. Et je suis né de ce mariage béni. Et avant moi et après moi nul autre fruit ne vint s'ajouter à la généalogie. De telle sorte que, jouissant de tous les biens de mon père et de ma mère après leur mort – qu'Allah leur accorde le salut et soit satisfait d'eux ! – j'eus, tout jeune encore, à gérer une grande fortune en biens de toutes sortes et en richesses… »

À ce moment de sa narration, Schahrazade vit apparaître le matin et, discrète, se tut.

Mais lorsque fut la huit cent vingt-quatrième nuit. Elle dit :

…J'eus, tout jeune encore, à gérer une grande fortune consistant en biens de toutes sortes et en richesses. Mais, comme j'aimais la dépense et la prodigalité, je me mis à vivre avec tant de profusion, qu'en moins de deux ans tout mon patrimoine se trouva dissipé. Car, ô mon maître, tout nous vient d'Allah et tout à Lui retourne ! Alors moi, me voyant dans un état de complet dénuement, je me mis à réfléchir sur ma conduite passée. Et je résolus, après la vie et la figure que j'avais faites à Bassra, de quitter ma ville natale pour aller traîner ailleurs de misérables jours, car la pauvreté est plus supportable devant les yeux des étrangers. Je vendis donc ma maison, le seul bien qui me restât, et me joignis à une caravane de

marchands, avec lesquels j'allai d'abord à Mossoul et
ensuite à Damas. Après quoi, je traversai le désert,
pour aller faire le pèlerinage de La Mecque ; et de là je
me rendis au grand Caire, le berceau de notre race et
de notre famille.

Or lorsque je fus dans cette ville des belles maisons
et des mosquées innombrables, je me remémorai que
c'était bien là qu'avait pris naissance Abdelaziz, le
riche joaillier, et ne pus m'empêcher, à ce souvenir, de
pousser de profonds soupirs et de pleurer. Et je me
représentai la douleur de mon père s'il voyait la déplo-
rable situation de son fils unique, l'héritier. Et occupé
de ces pensées qui m'attendrissaient, j'arrivai, en me
promenant, sur les bords du Nil, derrière le palais du
sultan. Et voici qu'à une fenêtre apparut une tête
ravissante de jeune femme ou jeune fille, je ne savais,
qui m'immobilisa à la regarder. Mais soudain elle se
retira, et je ne vis plus rien. Et moi, je restai là en béa-
titude jusqu'au soir, à attendre vainement une nouvelle apparition. Et je finis par me retirer, mais bien
à contrecœur, et aller passer la nuit dans le khân où
j'étais descendu

Mais le lendemain, comme les traits de la jouvencelle
s'offraient sans cesse à mon esprit, je ne manquai pas
de me rendre sous la fenêtre en question. Mais mon
espoir et mon attente furent bien vains ; car le délicieux
visage ne se montra pas, bien que le rideau de la fenêtre

eût quelque peu frémi, et que j'eusse cru deviner une paire d'yeux babyloniens derrière le grillage. Et cette abstention m'affligea fort, sans pourtant me rebuter, car je ne manquai pas de retourner à ce même endroit, le jour suivant. Or quelle ne fut pas mon émotion, quand je vis le grillage s'entrebâiller, et le rideau s'écarter pour laisser apparaître la pleine lune de son visage ! Et je me hâtai de me prosterner la face contre terre, et, après m'être relevé, je dis : « Ô dame souveraine, je suis un étranger arrivé depuis peu au Caire et qui a inauguré son entrée dans cette ville par la vue de ta beauté. Puisse la destinée qui m'a conduit jusqu'ici par la main achever son œuvre selon le souhait de ton esclave ! » Et je me tus, attendant la réponse. Et l'adolescente, au lieu de me répondre, prit un air si effrayé que je ne sus si je devais rester là ou livrer mes jambes au vent. Et je me décidai à rester encore sur place, insensible à tous les périls que je pouvais courir. Or bien m'en prit, car soudain l'adolescente se pencha sur le rebord de sa fenêtre et me dit d'une voix tremblante : « Reviens vers le milieu de la nuit. Mais fuis au plus vite ! » Et à ces mots, elle disparut avec précipitation et me laissa à la limite de l'étonnement, de l'amour et de la joie. Et j'oubliai à l'instant mes malheurs et mon dénuement. Et je me hâtai de rentrer à mon khân, pour faire appeler le barbier public qui s'occupa à me raser la tête, les aisselles et l'aine, à me parer et à m'embellir. Puis j'allai au hammam des pauvres où, pour quelque menue monnaie, je pris un bain parfait et me parfumai et me rafraîchis, pour sortir de là complètement dispos, le corps léger comme une plume.

Aussi quand vint l'heure indiquée, je me rendis à la faveur des ténèbres sous la fenêtre du palais. Et je trouvai à cette fenêtre une échelle de soie qui pendait jusqu'à terre. Et moi, sans hésiter, n'ayant d'ailleurs rien à perdre sinon une vie qui n'avait plus aucun lien ni aucun sens, je grimpai sur l'échelle et pénétrai par la fenêtre dans l'appartement. Je traversai rapidement deux chambres, et j'arrivai dans une troisième où, sur un lit d'argent, était étendue souriante celle que j'espérais. Ah ! seigneur marchand, mon hôte, quel enchantement en cette œuvre du Créateur ! Quels yeux et quelle bouche ! À sa vue, je sentis ma raison s'envoler, et je ne pus prononcer une parole. Mais elle se leva à demi et, d'une voix plus douce que le sucre candi, me dit de prendre place à côté d'elle sur le lit d'argent. Puis elle me demanda avec intérêt qui j'étais. Et je lui contai mon histoire, en toute sincérité, depuis le commencement jusqu'à la fin, sans omettre un détail. Mais il n'y a point d'utilité à la répéter.

Or l'adolescente, qui m'avait écouté fort attentivement, parut réellement touchée de la situation où m'avait réduit la destinée. Et moi, voyant cela, je m'écriai : « Ô ma maîtresse, quelque malheureux que je sois, je cesse d'être à plaindre, puisque tu es assez bonne pour compatir à mes malheurs ! » Et elle fit à cela la réponse qu'il fallait, et insensiblement nous nous engageâmes dans un entretien qui se fit de plus en plus tendre et intime. Et elle finit par m'avouer que, de son côté, elle avait eu, en me voyant, un penchant de mon côté. Et je m'écriai : « Louanges à Allah qui attendrit les cœurs et adoucit les yeux des gazelles ! » Ce à quoi elle fit également la réponse qu'il fallait, et ajouta : « Puisque tu m'as appris qui tu es, Aboulcassem, je ne veux point que tu ignores davantage qui je suis ! »

Et, après être restée un moment silencieuse, elle me dit : « Sache, ô Aboulcassem, que je suis l'épouse favorite du sultan, et que je m'appelle Sett Labiba. Or malgré tout le luxe où je vis ici, je ne suis pas heureuse. Car, outre que je suis entourée de rivales jalouses et prêtes à me perdre, le sultan qui m'aime ne peut arriver à me satisfaire, vu qu'Allah, qui distribue la puissance aux coqs, l'a oublié lors de la distribution. Et c'est pourquoi, t'ayant vu sous ma fenêtre, et te voyant plein de courage et dédaigneux du péril, je jugeais que tu étais un homme puissant. Et je t'ai appelé pour l'expérience. À toi donc maintenant de me prouver que je ne me suis pas trompée dans mon choix, et que ta vaillance est égale à ta témérité ! »

Alors moi, ô mon maître, qui n'avais nul besoin d'être poussé pour agir, vu que je n'étais là que pour l'action, je ne voulus point perdre un temps précieux à chanter des vers, comme c'est l'habitude dans ces circonstances, et m'apprêtai à l'assaut. Mais au moment même où nos bras s'enlaçaient, on frappa rudement à la porte de la chambre. Et la belle Labiba, fort effrayée, me dit : « Nul n'a le droit de frapper ainsi, si ce n'est le sultan. Nous sommes trahis et perdus sans recours ! » Aussitôt je pensai à l'échelle de la fenêtre pour me sauver par où j'étais monté. Mais le sort voulut que le sultan arrivât précisément de ce côté-là ; et il ne me restait aucune chance de fuite. Aussi, prenant le seul parti qui me restât, je me cachai sous le lit d'argent, cependant que la favorite du sultan se levait pour ouvrir. Et, dès que la porte fut ouverte, le sultan entra suivi de ses eunuques, et avant même que je pusse me rendre compte de ce qui allait arriver, je me sentis saisi d'en dessous du lit par vingt mains terribles et noires qui m'attirèrent comme un paquet et me soulevèrent du sol. Et ces eunuques coururent chargés de moi jusque vers la fenêtre, alors que d'autres eunuques noirs, chargés de la favorite, exécutaient le même mouvement vers une autre fenêtre. Et toutes les mains à la fois lâchèrent leur charge, nous précipitant tous deux du haut du palais dans le Nil.

Or il était écrit dans ma destinée que je devais échapper à la mort par noyade. C'est pourquoi, quoique étourdi de ma chute, je réussis, après être allé au fond du lit du fleuve, à remonter à la surface de l'eau, et à gagner, à la faveur de l'obscurité, le rivage opposé au palais. Et échappé à un si grand péril, je ne voulus point m'en aller sans avoir essayé de repêcher celle dont mon imprudence avait causé la perte, et je rentrai dans le fleuve avec plus d'ardeur que je n'en étais sorti, et je plongeai et replongeai à diverses reprises pour essayer de la retrouver. Mais mes efforts restèrent vains et, comme mes forces me trahissaient, je me vis dans la nécessité, pour sauver mon âme, de regagner la terre. Et, bien triste, je me lamentai sur la mort de cette charmante favorite, me disant que je n'aurais pas dû m'approcher d'elle alors que j'étais sous le coup de la mauvaise chance, et que la mauvaise chance est contagieuse. Aussi, pénétré de douleur et accablé de remords, je me hâtai de fuir le Caire et l'Égypte, et de prendre la route de Bagdad, la cité de paix. Or Allah m'écrivit la sécurité, et j'arrivai sans encombre à Bagdad, mais dans une situation fort triste, car j'étais sans argent, et de toute ma fortune passée il me restait juste un dinar d'or au fond de ma ceinture. Et, dès que je fus dans le souk des changeurs, je changeai mon dinar en petite monnaie et, pour gagner ma vie, j'achetai un plateau en osier et des sucreries, des pommes de senteur, des baumes, des confitures sèches et des roses. Et je me mis à débiter ma marchandise à la porte des boutiques, vendant tous les jours et gagnant de quoi me suffire pour la journée du lendemain.

Or ce petit commerce me réussissait, car j'avais une belle voix et débitais ma marchandise non point comme les marchands de Bagdad, mais en la chantant au lieu de la crier. Et, comme un jour je la chantais d'une voix plus claire encore que d'habitude, un vénérable cheikh, propriétaire de la plus belle boutique du souk, m'appela, choisit une pomme de senteur dans mon plateau et, après en avoir respiré le parfum à plusieurs reprises, tout en me regardant avec attention, m'invita à m'asseoir auprès de lui. Et je m'assis, et il me fit diverses questions me demandant qui j'étais et comment on me nommait. Mais moi, fort gêné par ses questions, je répondis : « Ô mon maître, dispense-moi de parler de choses dont je ne puis me souvenir sans aviver des blessures que le temps commence à fermer. Car rien que de prononcer mon propre nom, ce me serait une souffrance ! » Et je dus prononcer ces paroles en soupirant sur un ton tellement triste que le vieillard ne voulut point insister, ni me presser à ce sujet. Il changea aussitôt de discours, en mettant l'entretien sur les questions de vente et d'achat de mes sucreries ; puis, en me donnant congé, il tira de sa bourse dix dinars d'or qu'il me mit entre les mains avec beaucoup de délicatesse, et m'embrassa comme un père embrasse son fils…

*À ce moment de sa narration, Schahrazade vit
apparaître le matin et, discrète, se tut.*

*Mais lorsque fut la huit cent vingt-cinquième nuit.
Elle dit :*

Il tira de sa bourse dix dinars d'or qu'il me mit
entre les mains avec beaucoup de délicatesse, et
m'embrassa comme un père embrasse son fils.

Or, moi, je louai en mon âme ce vénérable cheikh
dont la libéralité m'était plus précieuse dans mon
dénuement, et je songeai que les plus considérables sei-
gneurs à qui j'avais coutume de présenter mon plateau
d'osier ne m'avaient jamais donné la centième partie
de ce que je venais de recevoir de cette main que je ne
manquai point de baiser par respect et gratitude. Et le
lendemain, bien que je ne fusse pas bien fixé sur les
intentions de mon bienfaiteur de la veille, je ne manquai point de me rendre au souk. Et lui, dès qu'il
m'eut aperçu, me fit signe d'approcher, et prit un peu
d'encens dans mon plateau. Puis il me fit asseoir tout
près de lui et, après quelques demandes et réponses,
m'invita avec tant d'intérêt à lui raconter mon histoire,
que je ne pus cette fois m'en défendre sans le formali-
ser. Je lui appris donc qui j'étais et tout ce qui m'était
arrivé, sans lui rien cacher. Et, après que je lui eus fait
cette confidence, il me dit, avec une grande émotion
dans la voix : « Ô mon fils, tu retrouves en moi un
père plus riche qu'Abdelaziz – qu'Allah soit satisfait

de lui ! – et qui n'aura pas moins d'affection pour toi. Comme je n'ai point d'enfant ni d'espérance d'en avoir, je t'adopte. Ainsi, ô mon fils, calme ton âme et rafraîchis tes yeux, car, si Allah veut, tu vas oublier près de moi tes malheurs passés ! »

Et, ayant ainsi parlé, il m'embrassa et me serra contre son cœur. Puis il m'obligea à jeter mon plateau d'osier avec son contenu, ferma sa boutique et, me prenant par la main, me conduisit dans sa demeure, où il me dit : « Demain nous partirons pour la ville de Bassra, qui est également ma ville et où je veux vivre avec toi désormais, ô mon enfant ! » Et, de fait, le lendemain nous prîmes ensemble le chemin de Bassra, ma ville natale, où nous arrivâmes sans encombre, grâce à la sécurité d'Allah. Et tous ceux qui me rencontraient et me reconnaissaient se réjouissaient de me voir devenu le fils adoptif d'un si riche marchand.

Quant à moi, il n'est pas besoin de te dire, seigneur, que je m'attachai de toute mon intelligence et de tout mon savoir à plaire au vieillard. Et il était charmé de mes complaisances à son égard, et me disait souvent : « Aboulcassem, quel jour béni que celui de notre rencontre à Bagdad ! Comme ma destinée est belle qui t'a mis sur ma route, ô mon enfant ! Et comme tu es digne de mon affection, de ma confiance et de ce que j'ai fait pour toi et pense faire pour ton avenir ! » Et moi, j'étais si touché des sentiments qu'il me marquait

que, malgré la différence d'âge, je l'aimais véritable-
ment et allais au-devant de tout ce qui pouvait lui
faire plaisir. Ainsi, par exemple, au lieu d'aller
m'amuser avec des jeunes gens de mon âge, je lui
tenais compagnie, sachant qu'il aurait pris ombrage
de la moindre chose ou du moindre geste qui ne lui
eût pas été destiné.

Or au bout d'une année, mon protecteur fut atteint,
par l'ordre d'Allah, d'une maladie qui le mit à l'extré-
mité, tous les médecins ayant désespéré de le guérir.
Aussi se hâta-t-il de me mander près de lui ; et il me
dit : « La bénédiction est sur toi, ô mon fils Aboulcassem. Tu m'as donné du bonheur pendant l'espace
d'une année entière, alors que la plupart des hommes
peuvent à peine compter un jour heureux durant toute
leur vie. Il est donc temps, avant que la Séparatrice
vienne s'arrêter à mon chevet, que je sois quitte de trop
grandes dettes envers toi. Sache donc, mon fils, que j'ai
à te révéler un secret dont la possession va te rendre
plus riche que tous les rois de la terre. Si, en effet, je
n'avais pour tout bien que cette maison avec les
richesses qu'elle contient, je croirais ne te laisser
qu'une fortune trop minime ; mais tous les biens que
j'ai amassés pendant le cours de ma vie, quoique considérables pour un marchand, ne sont rien en comparaison du trésor que je veux te découvrir. Je ne te dirai
pas depuis quel temps, par qui ni de quelle manière le

trésor se trouve dans notre maison, car je l'ignore. Tout ce que je sais, c'est qu'il est fort ancien. Mon aïeul, en mourant, le découvrit à mon père, qui me fit aussi la même confidence peu de jours avant sa mort ! »

Et, ayant ainsi parlé, le vieillard se pencha à mon oreille, tandis que je pleurais en voyant la vie s'en aller de lui, et m'apprit dans quel endroit de la demeure était le trésor. Puis il m'assura que quelque grande idée que je pusse me former des richesses qu'il renfermait, je les trouverais encore plus considérables que je ne me les représenterais. Et il ajouta : « Et te voici, ô mon fils, le maître absolu de tout cela. Que ta paume soit large ouverte, sans craindre d'arriver jamais à épuiser ce qui n'a point de fond. Sois heureux ! Ouassalam ! » Et ayant prononcé ces dernières paroles, il trépassa dans la paix – qu'Allah l'ait en miséricorde et répande sur lui Ses bénédictions !

Or, moi, après que, comme unique héritier, je lui eus rendu les derniers devoirs, je pris possession de tous ses biens et, sans tarder, j'allai voir le trésor. Et, à mon éblouissement, je pus constater que mon défunt père adoptif n'avait guère exagéré son importance ; et je me disposai à en faire le meilleur usage possible. Quant à tous ceux qui me connaissaient et avaient assisté à ma première ruine, ils furent du coup persuadés que j'allais me ruiner une seconde fois. Et ils se dirent entre eux : « Quand même le prodigue Aboulcassem aurait tous les trésors de l'émir des Croyants, il les dissiperait sans hésiter. » Aussi quel ne fut point leur étonnement lorsque, au lieu de voir dans mes affaires le moindre désordre, ils se furent aperçus qu'elles devenaient au contraire de jour en jour plus florissantes. Et ils n'arrivaient pas à concevoir comment je pouvais augmenter mon bien en le prodiguant, d'autant moins qu'ils voyaient que je faisais des dépenses de plus en plus extraordinaires, et que j'entretenais à mes frais tous les étrangers de passage à Bassra, en les hébergeant comme des rois.

Aussi le bruit se répandit bientôt dans la ville que j'avais trouvé un trésor, et il n'en fallut pas davantage pour attirer vers moi la cupidité des autorités. En effet, le chef de la police ne tarda pas à venir me trouver, un jour, et, après avoir pris son temps, me dit : « Seigneur Aboulcassem, mes yeux voient et mes oreilles entendent ! Mais comme j'exerce mes fonctions pour vivre, alors que tant d'autres vivent pour exercer des fonctions, je ne viens point te demander compte de la vie fastueuse que tu mènes et t'interroger sur un trésor que tu as tout intérêt à cacher. Je viens simplement te dire que si je suis un homme avisé, je le dois à Allah et ne m'en orgueillis pas. Seulement le pain est cher, et notre vache ne donne plus de lait. » Et moi, ayant compris le but de sa démarche, je lui dis : « Ô père des hommes d'esprit, combien te faut-il par jour pour acheter du pain à ta famille et remplacer le lait que ne donne plus ta vache ? » Il répondit : « Pas plus de dix dinars d'or par jour, ô mon seigneur. » Je dis : « Ce n'est pas assez, je veux t'en donner cent par jour. Et, pour cela, tu n'as qu'à venir ici au commencement de chaque mois, et mon trésorier te comptera les trois mille dinars nécessaires à ta subsistance ! » Là-dessus il voulut m'embrasser la main, mais je m'en défendis, n'oubliant pas que tous les dons sont un prêt du Créateur. Et il s'en alla, en appelant sur moi les bénédictions.

Or, le lendemain de la visite du chef de la police, le kâdi me fit appeler chez lui et me dit : « Ô jeune homme, Allah est le maître des trésors, et le quint Lui revient de droit. Paie donc le quint de ton trésor, et tu sera le tranquille possesseur des quatre autres parties ! » Je répondis : « Je ne sais trop ce que veut signifier notre maître le kâdi à son serviteur. Mais je m'engage à lui donner tous les jours, pour les pauvres d'Allah, mille dinars d'or, à condition qu'on me laisse en repos. » Et le kâdi approuva fort mes paroles, et accepta ma proposition.

Mais, quelques jours plus tard, un garde vint me chercher de la part du wali de Bassra. Et lorsque je fus arrivé en sa présence le wali, qui m'avait accueilli d'un air engageant me dit : « Me crois-tu assez injuste pour t'enlever ton trésor, si tu me le montrais ? » Et je répondis : « Qu'Allah prolonge de mille ans les jours de notre maître le wali ! Mais dût-on m'arracher la chair avec des tenailles brûlantes, je ne découvrirai point le trésor qui est en effet en ma possession. Toutefois je consens à payer chaque jour à notre maître le wali, pour les malheureux de sa connaissance, deux mille dinars d'or. » Et le wali, devant une offre qui lui parut si considérable, n'hésita pas à accepter ma proposition, et me renvoya, après m'avoir comblé de prévenances.

Et, depuis ce temps, je paie fidèlement à ces trois fonctionnaires la redevance journalière que je leur ai promise. Et, en retour, ils me laissent mener la vie de largesse et de générosité pour laquelle je suis né. Et telle est, ô mon seigneur, l'origine d'une fortune qui t'étonne, je le vois, et dont personne autre que toi ne soupçonne l'étendue ! »

Lorsque le jeune Aboulcassem eut fini de parler, le khalifat, à la limite du désir de voir le merveilleux trésor, dit à son hôte : « Ô généreux Aboulcassem, est-il réellement possible qu'il y ait au monde un trésor que ta générosité ne soit pas capable d'épuiser bientôt ? Non, par Allah ! je ne puis le croire, et si ce n'était pas trop exiger de toi, je te prierais de me le montrer, en te jurant par les droits sacrés de l'hospitalité sur ma tête et par tout ce qui peut rendre un serment inviolable, que je n'abuserai point de ta confiance et que tôt ou tard je saurai reconnaître cette faveur unique. »

À ces paroles du khalifat, Aboulcassem devint bien changé quant à son teint et à sa physionomie, et répondit d'un ton attristé : « Je suis bien affligé, seigneur, que tu aies cette curiosité que je ne puis satisfaire qu'à des conditions fort désagréables, puisque je ne puis me résoudre à te laisser partir de ma maison avec un désir rentré et un souhait inexaucé. Ainsi, il faudra que je te bande les yeux et que je te conduise, toi sans armes et la tête nue et moi le cimeterre à la main, prêt à t'en frapper si tu essaies de violer les lois de l'hospitalité. D'ailleurs je sais bien que, même en agissant de la sorte, je commets une grande imprudence, et que je ne devrais pas céder à ton envie. Enfin, qu'il soit fait selon ce qui est écrit pour nous en ce jour béni ! Es-tu prêt à accepter mes conditions ? » Il répondit : « Je suis prêt à te suivre, et j'accepte ces conditions et mille autres semblables. Et je te jure par le Créateur du ciel et de la terre que tu ne te repentiras pas d'avoir satisfait ma curiosité. D'ailleurs j'approuve tes précautions, et suis loin de t'en savoir mauvais gré ! »

Là-dessus, Aboulcassem lui mit un bandeau sur les yeux et, le prenant par la main, le fit descendre, par un escalier dérobé, dans un jardin d'une vaste étendue. Et là, après plusieurs détours dans les allées qui s'entrecroisaient, il le fit pénétrer dans un profond et spacieux souterrain dont une grande pierre, à ras du sol, couvrait l'entrée. Et d'abord ce fut un long corridor

en pente, qui s'ouvrait dans une grande salle sonore.
Et Aboulcassem ôta le bandeau au khalifat qui vit
avec émerveillement cette salle éclairée par la seule
lumière des escarboucles dont toutes les parois ainsi
que le plafond étaient incrustés. Et un bassin d'albâtre
blanc, de cent pieds de circonférence, se voyait au
milieu de cette salle, plein de pièces d'or et de tous les
joyaux que peut rêver le cerveau le plus exalté. Et tout
autour de ce bassin douze colonnes d'or, qui soute-
naient autant de statues en gemmes de douze couleurs, jaillissaient comme des fleurs sorties d'un sol
miraculeux.

Et Aboulcassem conduisit le khalifat au bord du bassin et lui dit : « Tu vois cet amas de dinars d'or et de
joyaux de toutes les formes et de toutes les couleurs. Eh
bien, il n'a encore baissé que de deux travers de doigt,
alors que la profondeur du bassin est insondable ! Mais
ce n'est pas fini ! » Et il le conduisit dans une seconde
salle, semblable à la première par l'étincellement de ses
parois, mais plus vaste encore, avec, en son milieu, un
bassin plein de pierres taillées et de pierres en cabo-
chons et ombragé par deux rangées d'arbres semblables
à celui dont il lui avait fait présent. Et au milieu de la
voûte de cette salle courait, en lettres brillantes, cette
inscription : « Que le maître de ce trésor ne craigne
point de l'épuiser ; il ne saurait en venir à bout. Qu'il
s'en serve plutôt pour mener une vie agréable et pour

acquérir des amis ; car la vie est une et ne revient pas, et la vie, sans les amis, n'est pas la vie ! »

Après quoi, Aboulcassem fit encore visiter à son hôte plusieurs autres salles qui ne le cédaient en rien aux précédentes ; puis, voyant qu'il était déjà fatigué d'avoir vu tant de choses éblouissantes, il le reconduisit hors du souterrain, après lui avoir toutefois bandé les yeux. Une fois rentré dans le palais, le khalifa dit à son guide : « Ô mon maître... »

À ce moment de sa narration, Schahrazade vit apparaître le matin et, discrète, se tut.

Mais lorsque fut la huit cent vingt-sixième nuit. Elle dit :

Une fois rentrés dans le palais, le khalifat dit à son guide : « Ô mon maître, après ce que je viens de voir, et à en juger par la jeune esclave et les deux aimables garçons que tu m'as donnés, tu dois être non seulement l'homme le plus riche de la terre, mais certainement l'homme le plus heureux. Car tu dois posséder dans ton palais les plus belles filles de l'Orient et les plus belles adolescentes des îles de la mer ! » Et le jeune homme répondit tristement : « Certes, ô mon seigneur, j'ai en grand nombre, dans ma demeure, des esclaves d'une beauté remarquable, mais puis-je les aimer, moi dont la chère disparue remplit la mémoire, la douce, la charmante, celle qui fut précipitée, à cause de moi, dans les eaux du Nil ? Ah ! j'aimerais mieux n'avoir pour toute fortune que celle contenue dans la ceinture d'un porte-faix de Bassra et posséder Sabiba, la sultane favorite, que de vivre sans elle avec tous mes trésors et tout mon harem ! » Et le khalifat admira la constance de senti-ment du fils d'Abdelaziz, mais il l'exhorta à faire tous ses efforts pour surmonter ses regrets. Puis il le remer-cia de la magnifique réception qu'il lui avait faite et prit congé de lui pour s'en retourner à son khân, s'étant assuré de la sorte, par lui-même, de la vérité des assertions de son vizir Giafar qu'il avait fait jeter dans un cachot. Et il reprit le lendemain le chemin de Bagdad avec tous les serviteurs, l'adolescente, les deux jeunes garçons et les présents qu'il devait à la générosi-té sans pareille d'Aboulcassem.

Or, dès qu'il fut de retour au palais, Al-Rachid se hâta de remettre en liberté son grand vizir Giafar, et, pour lui prouver combien il regrettait de l'avoir puni d'une façon préventive, lui fit cadeau des deux jeunes garçons, et lui rendit toute sa confiance. Puis, après lui avoir raconté le résultat de son voyage, il lui dit : « Et maintenant, ô Giafar, dis-moi ce que je dois faire pour reconnaître les bons procédés d'Aboulcassem ! Tu sais que la reconnaissance des rois doit surpasser le plaisir qu'on leur a fait. Si je me contente d'envoyer au magnifique Aboulcassem ce que j'ai de plus rare et de plus précieux dans mon trésor, ce sera fort peu de chose pour lui. Comment donc pourrai-je le vaincre en générosité ? » Et Giafar répondit : « Ô émir des Croyants, le seul moyen dont tu disposes pour payer ta dette de reconnaissance, c'est de nommer Aboulcassem roi de Bassra ! » Et Al-Rachid répondit : « Tu dis vrai, ô mon vizir, c'est là le meilleur moyen de m'acquitter envers Aboulcassem. Et tu vas tout de suite partir pour Bassra et lui remettre les patentes de sa nomination, puis le conduire ici afin que nous puissions le fêter dans notre palais ! » Et Giafar répondit par l'ouïe et l'obéissance, et partit sans retard pour Bassra. Et Al-Rachid alla trouver Sett Zobéida dans son appartement, et lui fit présent de la jeune fille, de l'arbre et du paon, ne gardant pour lui que la coupe. Et Zobéida trouva la jeune fille si charmante, qu'elle dit à son époux, en souriant, qu'elle l'acceptait avec plus de plaisir encore que les autres présents. Puis elle se fit narrer les détails de ce voyage étonnant.

Quant à Giafar, il ne tarda pas à revenir de Bassra avec Aboulcassem qu'il avait pris soin de mettre au courant de ce qui était arrivé et de l'identité de l'hôte qu'il avait hébergé dans sa demeure. Et quand le jeune homme fut entré dans la salle du trône, le khalifat se leva en son honneur, s'avança au-devant de lui, en souriant, et l'embrassa comme un fils. Et il voulut aller lui-même au hammam avec lui, honneur qu'il n'avait encore accordé à personne depuis son avènement au trône. Et après le bain, pendant qu'on leur servait des sorbets, des blancs-mangers et des fruits, une esclave vint chanter, qui était nouvellement arrivée au palais. Mais Aboulcassem n'eut pas plus tôt regardé au visage la jeune esclave, qu'il poussa un grand cri et tomba évanoui. Et Al-Rachid, prompt à le secourir, le prit entre ses bras et lui fit peu à peu reprendre ses sens.

Or la jeune chanteuse n'était autre que l'ancienne favorite du sultan du Caire, qu'un pêcheur avait retirée des eaux du Nil et avait vendue à un marchand d'esclaves. Et ce marchand, après l'avoir tenue longtemps cachée dans son harem, l'avait conduite à Bagdad et vendue à l'épouse de l'émir des Croyants.

Et c'est ainsi qu'Aboulcassem, devenu roi de Bassra, retrouva sa bien-aimée et put désormais vivre avec elle dans les délices, jusqu'à l'arrivée de la Destructrice des plaisirs, la Bâtisseuse inexorable des tombeaux !

De nuit en nuit

Stendhal souhaitait oublier deux textes, *Don Quichotte* et *Les Mille et une Nuits* pour « chaque année éprouver à les relire, une féerie nouvelle ».

Gide, dans une lettre écrite au docteur Joseph-Charles Mardrus, exprime tout le vertige éprouvé par l'Occident devant un Orient où le raffinement des plaisirs, la beauté des femmes, la volupté et la cruauté, la fatalité et le désir, sont menés pendant mille et une nuits, jusqu'à leur paroxysme.

Les Mille et une Nuits dont la source est persane, puisqu'on les croit inspirées du *Hazar Hafsanah* aujourd'hui perdu, se sont constituées entre le Xe et le XVIe siècle.

Copiées et recopiées par des scribes qui en modifièrent les thèmes au gré des caprices de leur imaginaire, des mœurs des foules qui leur prêtaient attention, des conjonctures politiques et religieuses de leur siècle, elles sont devenues le creuset du folklore sunnite. Mais en amont, à qui doit-on leur écriture ? Cette question reste un mystère. Jusqu'à aujourd'hui, on ignore s'il y a eu un ou plusieurs auteurs.

La première traduction française, due à Galland, paraît en douze volumes chez la veuve de Claude Barbin, entre 1704 et 1717. Elle ne comprend que le quart des contes ; une version vidée de sa sensualité, où la verdeur des répliques a été estompée, voire trahie. Génies, magiciens et sultans s'interpellent comme à la cour de France, dans un style ampoulé et précieux.

Il faudra attendre le Dr Joseph-Charles Mardrus, un lettré d'origine caucasienne né au Caire en 1848, pour que nous soient restitués le sel de la langue et la crudité des métaphores.

L'amorce des *Mille et une Nuits* est la blessure narcissique du roi Schahriar, témoin de l'adultère de son épouse. Après avoir coupé le cou à sa femme, il jure de se venger en aimant chaque nuit une vierge qu'il tue au matin. Ainsi fait-il pendant trois ans. Un rapide calcul nous donne la bagatelle de 1 095 victimes. Ah ! le maudit ! Qu'on imagine un peu… les plus belles filles, les plus beaux cheveux, les sourires les plus splendides, les tailles les mieux tournées… vouées à la mort ! Elles entrent, tremblantes, dans le lit du roi, innocentes et ignorantes, et au matin, à peine caressées, leurs lèvres et leurs corps effleurés par le souffle de l'homme ¬ violées parfois –, les voici conduites vers le couperet, par décision d'un roi qui se croyait castré par la trahison d'une femme.

Un tumulte plein de terreur envahit le pays. La catastrophe a pris une telle ampleur que les familles, ne sachant comment se délivrer de ce despote qui dévore leurs enfants, se mettent à fuir les unes après les autres.

Bientôt, le vizir contraint de ravitailler le monstre en chair fraîche ne voit plus à lui offrir en sacrifice que ses deux filles, l'aînée appelée Schahrazade, « qui avait lu des livres, des annales, des légendes des rois anciens et des histoires des peuples passés » et la cadette Doniazade, une enfant encore, qu'on se représente à peine nubile, dotée de cette grâce brune et svelte qu'ont les Mauresques à l'aube de leur adolescence.

Les deux filles du vizir vont s'entendre à « réparer » la folie du roi, la première en lui narrant un conte qu'elle interrompt au point du jour, la seconde en relançant sa sœur nuit après nuit. Le roi, piqué par la curiosité et dont l'intérêt va grandissant, diffère ses pulsions meurtrières.

Nuit après nuit, dans l'espace clos d'une chambre, que l'on devine éclairée par la lune qui glisse par les interstices des moucharabiehs, allongé sur des coussins de soie, avec peut-être le chant proche d'une fontaine qui coule dans le jardin, le roi oublie le serment qu'il s'est fait, tuer la vierge dont il aura tiré son plaisir.

Il écoute.

Et tandis qu'il écoute, sa violence s'atténue, sa haine recule et sa connaissance de la vie décuple. Il apprend le brouhaha d'une multitude occupée à jouir, trahir, aimer, les replis secrets de chaque destin, et s'aménage un espace viable où le chagrin peut s'ajuster à l'espoir, jusqu'à ce que la souffrance dans laquelle il s'était emmuré s'effrite et devienne une peine ordinaire, à laquelle viendront peut-être s'ajouter un jour d'autres peines, fugaces étincelles d'une vie passée à vivre.

C'est une psychanalyse à l'envers qui se déroule sous nos yeux. Ce n'est pas le désespéré qui parle – au contraire, son silence se fait de plus en plus éloquent –, c'est l'univers qui exprime ses paradoxes, en venant – comme l'écume dévoile la mer – frémir devant lui. Les contradictions insondables des héros, leurs trahisons, leurs amours sont autant de perspectives de l'ambiguïté humaine, ses seules armes dans ce combat qui l'oppose à la vieillesse et à la mort.

Un état de conscience émerge lentement de la folie du roi. Son identité torturée par le doute se juxtapose à celle de la femme qui lui découvre une réalité enfouie et archaïque. Par un effet de miroir extraordinaire, l'identité de la féminité s'impose à lui. Mis en scène par la voix de la conteuse, le désir cesse d'être la part maudite de l'être ; il se métamorphose en un pôle d'attraction à partir duquel l'initiation à l'autre est rendue possible.

Chaque conte possède sa géographie. Seule Schahrazade pourrait nous dire ce qui, de nuit en nuit, anime sa parole et préside le cours de ses récits. Nul doute que la jeune femme ait été une grande stratège de l'art du discours. En recourant à la technique du « feuilleton » où l'interruption crée un lien de dépendance magique entre celui qui sait et parvient à se taire à point nommé et celui qui écoute et éprouve, devant la soudaineté du silence, l'état torturant de la faim, Schahrazade fait du roi son otage. « Par Allah, se dit Schahriar, je ne la tuerai que lorsque j'aurai entendu la suite de son conte ! » Étrange renversement des rôles. C'est la victime prisonnière d'un décret qui soumet le roi à sa parole et le tient en son pouvoir. Mais sa force n'est qu'apparente, alors que sa vulnérabilité croît de jour en jour. Il suffirait, en effet, qu'une nuit, une seule, où, trop lasse pour conter, l'imagination en panne, la jeune femme se taise pour qu'aussitôt la déception du roi se réveille, et avec la déception, sa colère qui la livrerait au bourreau. Schahrazade sait qu'elle marche sans filet sur un fil tendu au-dessus du vide, qu'aucune défaillance ne lui sera pardonnée.

Le défi est d'autant plus monstrueux qu'au départ de ce marathon, aucune ligne d'arrivée précise n'a été fixée. Il n'était pas dit, en effet, que Schahrazade devait raconter dix, vingt ou cent histoires. Ni même qu'elle devait en conter cinq cents ou mille. Elle devait simplement tenir et émerveiller Schahriar. Tenir jusqu'à ce que parler ou se taire cesse d'être une question de vie ou de mort. Tenir pour vivre enfin sa vie de femme, d'épouse et de mère, et avec elle Doniazade qui a grandi, les vierges revenues dans leurs demeures, les familles qui n'auront plus à craindre de menace.

Schahriar est mort depuis longtemps. Mais ses angoisses lui ont survécu. Et ses désirs de vengeance, de désordre et de haine. À chaque instant, dans tous les lieux où vivent une poignée d'êtres humains, une Schahrazade se lève et s'expose à la fureur. Écrivain, musicien, éditeur, cinéaste, peintre ou sculpteur… et tous les êtres amoureux de la liberté, qui tentent d'entretenir ce rapport de proximité entre eux et le monde, sans lequel l'humanité entière basculerait dans l'horreur, l'ignorance et le meurtre. Ils puisent dans ce « trésor sans fond », distribuent sans compter, donnent sans crainte d'être délesté.

Ce puits-là, c'est la grande bibliothèque du monde. La cinquième dimension.

L'héritage du savoir.

CHOCHANA BOUKHOBZA

Repères bibliographiques

Traductions des *Mille et une Nuits*
◆ *Les Mille et une Nuits, 8 vol.*, Union latine d'éditions, 1964.
◆ *Les Mille et une Nuits, 4 vol.*, Albin Michel, 1965-1967.
◆ *Les Mille et une Nuits : contes arabes*, 2 vol., Gallimard, 1979-1984.
◆ *Les Mille et une Nuits : contes arabes*, 2 vol., Garnier, 1981.
◆ *Les Contes des Mille et une Nuits*, Hervas, 1985.
◆ *Les Aventures de Sindbad le Terrien*, Phébus, 1986.
◆ *Les Mille et une Nuits*, 4 vol., Phébus, 1986-1987.
◆ *Le Livre des Mille et une Nuits*, Laffont, 2 vol., 1987.
◆ *Les Mille et une Nuits*, Lattès, 1987.
◆ *Les Dames de Bagdad : conte des Mille et une Nuits*, Desjonquères, 1991.
◆ *Les Mille et une Nuits : contes choisis*, 2 vol., Gallimard, 1991.
◆ *Les Mille et une Nuits : trois contes*, Presses-Pocket, 1993.

Études sur les *Mille et Une nuits*
◆ BENCHEIKH (Jamel Eddine), *Mille et un contes de la nuit*,
  Gallimard, 1991.
◆ BENCHEIKH (Jamel Eddine), *Les Mille et une nuits
  ou la Parole prisonnière*, Gallimard, 1988.
◆ KILITO (Abdelfattah), *L'Œil et l'Aiguille : essai sur « Les Mille
  et une Nuits »*, La Découverte, 1992.
◆ MAY (Georges), *Les Mille et une Nuits d'Antoine Galland
  ou le Chef-d'œuvre invisible*, PUF, 1986.

Mille et une nuits propose des chefs-d'œuvre pour le temps
d'une attente, d'un voyage, d'une insomnie…

La Petite Collection

1. Épicure, *Lettre sur le bonheur*. 2. Stendhal, *Ernestine
ou La Naissance de l'amour*. 3. Sade, *Dialogue entre un prêtre
et un moribond*. 4. Edgar Poe, *Le Scarabée d'or*.
5. Charles Perrault, *Peau d'Âne*. 6. Ovide, *Remèdes à l'amour*.
7. Guy de Maupassant, *Un fils*. 8. Heinrich von Kleist,
Sur le théâtre de marionnettes. 9. Miguel de Cervantes,
L'Amant généreux. 10. Charles Baudelaire, *La Fanfarlo*.
11. Honoré de Balzac, *Le Chef-d'Œuvre inconnu*.
12. Jack London, *Un steak*. 13. Khalil Gibran, *Le Prophète*.
14. Franz Kafka, *Le Verdict*. 15. Arthur Rimbaud, *Une saison
en enfer*. 16. Nicolas Gogol, *Le Portrait*. 17. Victor Hugo,
Claude Gueux. 18. Sénèque, *De la brièveté de la vie*.
19. Émile Zola, *J'accuse*. 20. Gustave Flaubert,
Dictionnaire des idées reçues. 21. Voltaire, *Micromégas*.
22. Katherine Mansfield, *Félicité*. 23. Cesare Pavese,
La Trilogie des machines. 24. Marcel Proust, *Sur la lecture*.
25. *Cantique des Cantiques*. 26. Guy de Maupassant, *Le Horla*.
27. Alexandre Pouchkine, *La Dame de pique*.
28. Luigi Pirandello, *Le Voyage*. 29. Molière, *Dom Juan*.
30. Paul Lafargue, *Le Droit à la paresse*.
31. Prosper Mérimée, *Carmen*. 32. Gustave Flaubert, *Un cœur
simple*. 33. François Rabelais, *Pantagrueline Prognostication*.
34. Italo Svevo, *Le Vin du salut*. 35. Hermann Hesse, *Lettre
à un jeune artiste*. 36. Ivan Tourgueniev, *Apparitions*.
37. Sappho, *Le Désir*. 38. Honoré de Balzac, *Une passion
dans le désert*. 39. Herman Melville, *Bartleby*.
40. Raphaël Confiant, *Bassin des Ouragans*.
41. Mikhaïl Boulgakov, *Diablerie*. 42. Jules Barbey d'Aurevilly,
Le Bonheur dans le crime. 43. *L'Ecclésiaste*.
44. Fiodor Dostoïevski, *Bobok*. 45. Robert Louis Stevenson,
Les Gais Lurons. 46. Théophile Gautier, *Lettre à la Présidente*.
47. Stendhal, *Le Coffre et le Revenant*.
48. Karl Marx-Friedrich Engels, *Manifeste du Parti
communiste*. 49. Virginia Woolf, *Le Faux Roman*.
50. Primo Levi, *Le Devoir de mémoire*. 51. Omar Khayyam,
Quatrains. 52. Épictète, *Manuel*.
53. Blaise Pascal, *Discours sur les passions de l'amour*.
54. Alfred de Musset, *Le Fils du Titien*.

55. Montaigne, *De l'amitié*. 56. Mark Twain, *Le Journal d'Ève*. 57. Anton Tchekhov, *La Dame au petit chien*. 58. Charles Baudelaire, *Conseils aux jeunes littérateurs*. 59. Sade, *Français, encore un effort…* 60. Dante, *Vita Nova*. 61. Giacomo Leopardi, *Éloge des oiseaux*. 62. Paul Verlaine, *Femmes*, suivi de *Hombres*. 63. Vladimir Nabokov, *Bruits*. 64. Guillaume Apollinaire, *Le Roi-Lune*. 65. Joseph Conrad, *Le Compagnon secret*. 66. Cicéron, *L'Amitié*. 67. Philip K. Dick, *L'Orphée aux pieds d'argile*. 68. Montesquieu, *Éloge de la sincérité*. 69. Raoul Vaneigem, *Avertissement aux écoliers et lycéens*. 70. Lorris Murail, *La Méthode albanaise*. 71. Clifford D. Simak, *Mirage*. 72. Pa Kin, *À la mémoire d'un ami*. 73. Oscar Wilde, *Aphorismes*. 74. James Graham Ballard, *Le Massacre de Pangbourne*. 75. H. G. Wells, *Le Nouvel Accélérateur*. 76. Étienne de la Boétie, *Discours de la servitude volontaire*. 77. Michael Moorcock, *Souvenirs de la Troisième Guerre mondiale*. 78. Hermann Hesse, *Mon enfance*. 79. Raphaël Confiant, *La Savane des Pétrifications*. 80. Jonathan Swift, *Modeste proposition*. 81. Les Proverbes de Salomon. 82. Edgar Poe, *La Lettre volée*. 83. Lautréamont, *Poésies*. 84. Eric Ambler, *L'Ennemi commun*. 85. Jorge Semprun-Elie Wiesel, *Se taire est impossible*. 86. Fernando Pessoa, *Ultimatum*. 87. Honoré de Balzac, *Sarrasine*. 88. Denis Diderot, *Supplément au voyage de Bougainville*. 89. Niccolò Machiavel, *Histoire du diable qui prit femme*. 90. Prosper Mérimée, *H. B.* 91. Viktor Pelevine, *La Flèche jaune*. 92. Léon Tolstoï, *Ainsi meurt l'amour*. 93. Voltaire, *Catéchisme de l'honnête homme*. 94. Villiers de l'Isle-Adam, *Le Convive des dernières fêtes*. 95. Goethe, *La Nouvelle*. 96. Benjamin Tammuz, *Le Verger*. 97. René Descartes, *Les Passions de l'âme*. 98. Spinoza, *Traité de la réforme de l'entendement*. 99. Arthur Rimbaud, *Illuminations*. 100. *Le Trésor sans fond*. 101. Théophraste, *Caractères*. 102. Giuseppe Bonaviri, *Silvinia ou le Voyage des égarés*. 103. Henry James, *Pauvre Richard*.

Pour chaque titre, le texte intégral, une postface,
la vie de l'auteur et une bibliographie.

Achevé d'imprimer en février 1996,
sur papier recyclé Ricarta-Pigna par G. Canale & C. SpA (Turin)